Autres recueils publiés par La Méridienne du Monde Rural comportant des textes d'Arlette Homs

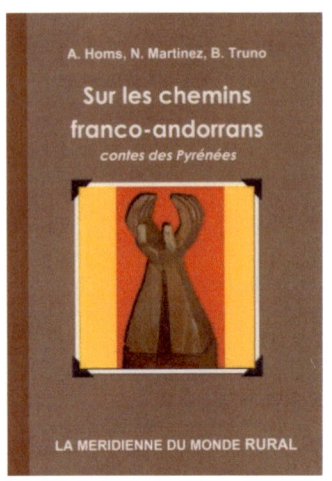

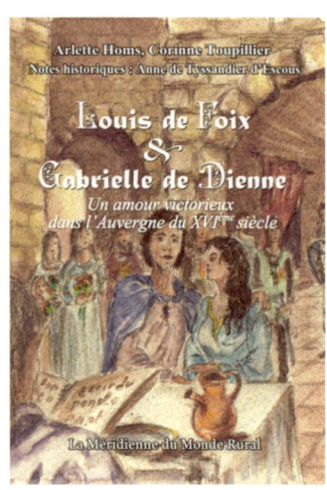

Des fantômes du passé à Cropières

© 2014, Arlette Homs

Réalisation: La Méridienne du Monde Rural

Éditeur : Books on Demand GmbH,
12/14 rond-point des Champs Élysées, 75008 Paris, France
Impression : Books on Demand GmbH, Norderstedt, Allemagne

ISBN : 978-2-322-03816-9
Dépôt légal: octobre 2014

Arlette HOMS

DES FANTÔMES DU PASSÉ
À CROPIÈRES

Association LA MERIDIENNE DU MONDE RURAL
www.lameridiennedumonderural.fr

Association LA MERIDIENNE DU MONDE RURAL
93 rue Jules Ferry
19110 BORT-LES-ORGUES
www.lameridiennedumonderural.fr

PREFACE

La première fois où j'ai rencontré Arlette Homs, c'était il y a plus de trente ans au musée de Montferrier, en Ariège, musée qu'elle avait créé et qu'elle animait en y consacrant son énergie ainsi que beaucoup de son temps, malgré ses nombreuses autres activités culturelles.

De part et d'autre nous organisions des concours littéraires et notre passion commune pour la littérature et l'histoire nous a rapprochées.

Ecrivain et poétesse, Arlette Homs est proche de la nature dans laquelle elle trouve l'inspiration pour ses écrits, que ce soit en travaillant dans son jardin ou lors de promenades en forêt.

Sensibilisée à l'état du château de Cropières dans le Cantal, monument historique en mauvais état que l'Association pour la Sauvegarde du Château de Cropières tente de restaurer, Arlette Homs a décidé d'offrir ses droits d'auteur sur le présent livre à l'ASC Cropières pour participer à la préservation de ce patrimoine historique.

Chaque livre "Des fantômes du passé à Cropières" vendu participera à la préservation du château de Cropières, étant précisé que toute personne qui le souhaite peut aussi aider directement l'Association pour la Sauvegarde du Château de Cropières (adresse : ASC Cropières - 15800 Raulhac) pour que ce patrimoine puisse être restauré.

Anne de Tyssandier d'Escous
Présidente de La Méridienne du Monde Rural

CHAPITRE 1

Depuis longtemps Bérengère habitait seule la grande maison de briques roses située à la sortie du village, maison construite par son arrière-grand-père dans un style des années 1900. Fille unique, elle en avait hérité à la mort de ses parents et avait pris l'habitude depuis son veuvage de vivre une solitude peuplée des mêmes rêves, des mêmes chagrins, des mêmes souvenirs.

Aujourd'hui cette solitude devenait de plus en plus lourde. Elle se sentait inutile. Pourtant elle avait à peine quarante ans. Cette grande maison était devenue une charge pour elle. Il y avait longtemps qu'elle avait renoncé à faire le ménage dans les pièces qu'elle n'occupait pas et la poussière des ans s'accumulait un peu plus chaque année.

Ce matin il faisait un temps merveilleux. Le soleil inondait de clarté la pièce où elle se tenait pour quelques instants encore et lui donnait un air irréel, ensorceleur même ! Les rideaux bleu pâle de la porte-fenêtre frissonnaient doucement sous la brise parfumée de ce matin d'automne. Un petit souffle arriva jusqu'à elle et vint lui caresser la joue, comme si un être invisible venait déposer un baiser. Machinalement elle leva la main. Son geste resta en suspens. Le miroir placé au-dessus de la cheminée, orné d'angelots blancs en stuc, lui renvoya son image et un choc se produisit en elle. Face à son image, elle se dit qu'elle était encore jeune et belle, ses cheveux blonds bien coiffés, ses yeux malicieux, ses joues rondes et roses, sa silhouette élancée. Non, vraiment, elle ne pouvait plus vivre comme cela, en recluse, sans contact avec des personnes de son âge, il fallait qu'elle sorte de son isolement. Elle pourrait voyager, ou s'occuper un peu plus des autres. Elle allait y réfléchir sérieusement. Après son petit déjeuner, tout à l'heure en allant faire son marché, elle s'arrêterait au bureau de tabac, achèterait des journaux et consulterait les petites annonces qui sont en général bien fournies en offres de services de toutes sortes. Ce serait bien étonnant si elle n'y trouvait pas celle qui ferait son bonheur.

Heureuse à cette idée, elle se rendit dans la cuisine en sifflotant son air préféré: "C'*est la valse brune, des chevaliers de la lune....* " *La, la, la, la*, ", tout en préparant son café et son pain grillé.

****

Ce matin-là n'était vraiment pas un matin comme les autres. Il régnait dans l'air une sorte d'électricité qui la rendait fébrile et prête à tout. Un coup de peigne dans ses boucles blondes, chaussée de chaussures de ville, elle prit son sac à provisions, son porte-monnaie et sortit. Dès le seuil, le soleil lui fit mal aux yeux, l'obligeant à mettre ses lunettes aux verres teintés. D'un pas lent, elle alla flâner dans les rues. Elle avait tout son temps et décida de profiter de cette matinée particulière pour tout regarder, apprécier, admirer... D'habitude elle marchait tête baissée, songeuse, morose, triste, sans s'occuper de ce qui se passait autour d'elle. Aujourd'hui elle se découvrait une autre femme, elle avait des ailes, il lui semblait qu'elle se mouvait dans un monde nouveau.

Elle se mit à admirer un moment les sculptures du bas-relief qui ornent le monument aux morts, les vieilles maisons en torchis qui datent du XIIème siècle.... Elle n'avait jamais bien prêté attention à leur restauration. Tiens! pensa-t-elle, sur la façade du bureau de poste, un écusson en relief représente les armes du village, et cette inscription au-dessus de la porte du presbytère, que peut-elle bien vouloir dire ? Et cette croix en fer forgé à l'angle de la rue, comme elle a fière allure !

Bérengère passa ainsi toute la matinée à découvrir les beautés de son village. Elle était tout émue et heureuse à la fois. Fallait-il qu'elle soit sotte pour être restée si longtemps à l'écart de tout. Cela la conforta dans son idée qu'elle devait sortir de son isolement. Tout en cheminant, nez en l'air, une idée traversa son esprit : pourquoi n'écrirait-elle pas un roman ? Ah oui! Un roman. Comment n'y avait-elle pas pensé plus tôt, cela lui permettrait de s'évader à sa façon. Oui, elle écrirait un roman, mais pour cela elle devait trouver un cadre idéal, des personnages, une histoire...

Midi sonnait au clocher, elle allait rentrer, son panier à provisions vide, mais qu'importe, lorsque son regard fut attiré par un des journaux exposés devant la porte du bureau de tabac-presse : "Le petit journal". Sans trop savoir pourquoi, elle acheta le périodique.

Une fois rentrée, le sac à provisions posé à même le sol laissa échapper le journal sur les dalles du hall. Comme elle n'était pas pressée de manger, elle se mit à le feuilleter. Rien d'intéressant, politique, cours de la bourse, horoscope, nouvelles de l'étranger, nouvelles régionales. Elle allait refermer ces pages noircies lorsque ses yeux se fixèrent sur une petite annonce : "Cherche dame de compagnie sachant se servir d'un ordinateur. Bon salaire. S'adresser à l'agence B.U.R"... et suivait un numéro de téléphone.

Son imagination se mit à vagabonder. Déjà elle se voyait dans un lieu calme et retiré, à la campagne, un peu mystérieux. C'est là certainement qu'elle pourrait trouver l'inspiration et réaliser son rêve. Elle ferait ceci, elle ferait cela, ce serait merveilleux. Elle composa le numéro de téléphone 35 46 45....

- Allo, l'agence B.U.R ?
- Oui, à votre service, je vous écoute
- Je téléphone au sujet de l'annonce parue dans le numéro 36 du "Petit Journal". Peut-on avoir des renseignements complémentaires : quel est le montant du salaire proposé ? Où se trouve la résidence ? Peut-on visiter ?

À l'autre bout du fil, une voix féminine lui donna quelques détails et fixa un rendez-vous pour le lendemain à quatorze heures devant l'agence.

****

Bérengère passa une nuit agitée. Mille idées se bousculaient dans sa tête au sujet de cette nouvelle vie qui allait peut-être lui être proposée. Elle avait beau se dire qu'elle n'avait qu'à attendre le lendemain, qu'elle verrait sur place, rien ne la tranquillisait. Tout son être était perturbé par cette annonce de changement prochain dans sa vie. Pourtant c'était bien ce qu'elle désirait.

Lorsqu'elle s'éveilla, il était midi. Que faisait-elle à cette heure dans son lit, alors qu'elle se levait tous les jours à huit heures. Ah, oui ! L'annonce ! Vite, il était indispensable d'être prête pour le rendez-vous. Elle prit sa douche, prépara son repas qu'elle avala sans trop savoir ce qu'elle mangeait. Elle n'avait plus de fromage. Cela ne faisait rien, elle se contenterait d'un fruit. Tout en mangeant sa pomme reinette un peu ridée, elle se dirigea vers la penderie et choisit un vêtement adéquat. C'était l'automne, aussi enfila-t-elle un tailleur gris perle, des chaussures de ville, prit son sac à main qui traînait sur le fauteuil du salon et tout essoufflée, arriva devant l'agence. Il était treize heures quarante-cinq minutes. Ouf ! Personne n'était là.

Le directeur de l'agence arriva assez rapidement, homme svelte et distingué. Il l'invita à monter dans sa voiture et les voilà partis vers un nouveau destin.

Bien que le château ne fût éloigné que de trente kilomètres, le trajet lui sembla durer une éternité. Le directeur lui expliqua que la comtesse Le Corbier, la propriétaire, étant absente pour quelques jours, il n'était pas possible de lui faire visiter l'intérieur, mais s'il l'avait malgré tout conduite ici c'était pour lui montrer l'environnement extérieur afin qu'elle puisse faire connaissance avec les lieux.
- Je pense que vous allez accepter de passer vos journées avec la comtesse et lui servir de secrétaire. Elle mettra à votre disposition tout le matériel nécessaire.
Le reste de la conversation et le retour restèrent flous dans la mémoire de Bérengère tant elle était charmée et heureuse.

La nuit suivante fut également longue et peuplée de rêves. Elle avait du mal à croire à ce qui lui arrivait et, pour se persuader que cela était bien vrai, elle posa le trousseau de clefs que lui avait remis le directeur de l'agence bien en évidence sur sa table de chevet. C'était décidé, son nouveau lieu de résidence serait ce château. Le lendemain, levée de bonne heure afin de faire ses valises, elle n'avait plus qu'à fermer sa propre maison. Son destin était en route....

****

Bérengère roulait depuis un peu plus d'un quart d'heure lorsqu'au bord de la route il lui sembla distinguer, dans un nuage vaporeux, une blanche silhouette qui lui faisait signe. D'habitude elle ne prenait jamais personne à bord de son véhicule. Mais aujourd'hui elle ne comprit pas comment son pied se déplaça tout seul et vint se poser sur la pédale de frein. La voiture s'immobilisa. Machinalement, elle actionna l'ouverture de la portière droite et, sans qu'aucune parole ne soit échangée, une belle jeune fille aux longs cheveux blonds bouclés, vêtue d'une robe blanche, s'installa sur le siège à côté d'elle. Surprise, Bérengère ne lui demanda rien et démarra. Tout en conduisant elle jetait un coup d'œil vers la jeune personne. Elle remarqua sa robe d'un modèle désuet, vieillot même, taillée dans un tissu ressemblant à de l'organdi brodé et amidonné qui n'était plus utilisé depuis fort longtemps. La peau de la jeune fille était diaphane, ses mains gantées serraient nerveusement un petit sac en perles dorées un peu décolorées. Elle paraissait avoir à peine vingt ans. Elle pensa qu'il fallait rompre ce silence qui devenait lourd.
- Je m'appelle Bérengère, et vous ?
- Emilie, répondit une voix imperceptible.

La route à cet endroit formait un grand virage dangereux qu'elle connaissait bien. Attentive à ce qui se passait devant, elle ne prêta pas attention à sa passagère. Elle freina brusquement et la voiture s'immobilisa sur le bas-côté de la route. Tremblante, Bérengère avait cru voir un piéton traverser la chaussée. Mais il n'y avait rien, et surprise, sa passagère avait disparu ! Elle eut beau chercher aux alentours, rien! C'était inquiétant, troublant même. Elle était pourtant sûre de s'être arrêtée pour prendre à son bord une jeune fille qui lui avait même dit son prénom : Emilie, oui, c'était bien Emilie, elle s'en souvenait très bien. Alors que faisait-elle là, arrêtée au bord de la route? Elle remonta dans sa voiture, cherchant encore du regard son énigmatique passagère. Où était-elle ? Avait-elle rêvé? Les mains sur le volant, la gorge serrée et avec une sensation de ne pas être seule, elle se sentait comme prise dans un piège invisible. Mais quelle était cette odeur bizarre ? En effet, il flottait à l'intérieur de la voiture un parfum peu commun, on aurait dit une odeur d'ambre gris, chaude, rappelant le tabac, un parfum très ancien. Ce ne pouvait être que le parfum laissé par la jeune fille en blanc car elle n'utilisait jamais d'eau parfumée. Cela prouvait au moins qu'elle n'avait pas rêvé. Mais qu'était devenue sa passagère ? Ou bien, peut-être n'y avait-il jamais eu de passagère ? Tout en réfléchissant sans succès à ce mystère, ses yeux se posèrent sur le siège et là, sur le velours côtelé, un gant blanc ! Une fois encore elle arrêta sa voiture, se saisit du gant et l'examina. Lui aussi était imprégné de ce même parfum d'ambre gris qui l'avait intriguée quelques instants auparavant. Elle avait bien pris quelqu'un à son bord et ce personnage s'était évanoui dans la nature. Qu'allait-elle faire ? Avertir la police ou garder le silence ? Elle opta pour la deuxième solution. Après tout, ce qui venait de lui arriver était si invraisemblable que personne ne voudrait la croire.

Et c'est ainsi que Bérengère arriva devant la grande allée qui conduisait au château. Avec une certaine appréhension cette fois, elle s'engagea sous les grands arbres au feuillage d'un roux chatoyant sous les derniers rayons du soleil de septembre. A travers le pare-brise, elle voyait les hauts murs recouverts de lierre. Tout était silencieux. Elle descendit de voiture et admira cette imposante demeure et, soudain, elle eut le sentiment de ne pas être digne de ce cadre majestueux. Tandis qu'elle hésitait au pied des marches du perron, le soleil illumina à nouveau la longue façade et les armoiries de la famille gravées dans la pierre, au-dessus de l'imposante porte d'entrée, prirent une teinte vieil or.

Très émue, Bérengère alla garer la Renault Kangoo sous un grand chêne, prit le trousseau de clefs et résolument cette fois, gravit l'escalier de pierre. La clef tourna dans la serrure avec un léger grincement ; elle poussa la porte et entra.

Bizarrement il lui sembla avoir déjà effectué ces gestes qui lui parurent familiers. Sans hésitation elle se dirigea vers le petit salon situé à droite du hall d'entrée. Là aussi, elle se sentait chez elle. Cet intérieur ne lui était pas inconnu, pourtant c'était la première fois qu'elle pénétrait dans cette demeure. Le mystère se poursuivait. Comme dans un rêve, elle ouvrit les grandes fenêtres qui donnaient sur le parc. Fatiguée, elle se laissa tomber sur le premier fauteuil. Un tableau face à elle la fit sursauter.

- Mais c'est le portrait de la jeune fille en blanc

que j'ai cru prendre à bord de mon véhicule tout à l'heure et qui a disparu ! se dit-elle tout haut. Tremblante, elle s'approcha du tableau et, gravé sur une petite plaque en cuivre, elle put lire :
« *Emilie LE CORBIER - 1940-1960* ».

Profondément troublée cette fois, elle allait quitter ces lieux lorsque, à nouveau, cette odeur de parfum d'ambre gris flotta dans la pièce et lui fit revivre l'incident dans la voiture. Puis son regard fut attiré par un petit morceau de tissu blanc sur le tapis du salon. Elle se baissa pour le ramasser et quelle ne fut pas sa surprise de voir qu'il s'agissait d'un gant du même modèle que celui oublié par l'apparition dans sa voiture avec, aussi, le même parfum.

Bouleversée, elle ne savait plus si elle devait partir ou rester dans ces lieux. Quelque chose d'indéfinissable lui soufflait de rester. Peu à peu son émotion s'estompa. Elle savait que la comtesse devait arriver le lendemain, elle aurait donc alors des explications concernant la jeune fille du tableau et le gant. Exténuée par tant d'émotions, elle s'endormit dans le fauteuil. Un coup de sonnette impératif la réveilla en sursaut le lendemain matin. C'était le facteur qui lui remit une carte postale à son nom, sans enveloppe. Elle lut : "*Chère Madame, il m'est impossible de rentrer avant huit jours. Vous voudrez bien excuser ce contretemps et attendre mon retour. Commencez votre travail ; vous avez des instructions sur mon bureau. Comtesse Le Corbier*".

Tous les jours Bérengère allait regarder le portrait d'Emilie, lui souriait et refermait la porte du salon. L'incident du jour de son arrivée n'était plus qu'un souvenir car elle était très occupée par le travail pour la comtesse. Pourtant, de temps en temps, elle repensait à cette belle jeune fille et au mystère qui l'entourait. Et les mois passèrent...

****

Alors qu'il y avait près de six mois qu'elle était arrivée, la comtesse n'avait jamais évoqué le passé. Bérengère sentait bien pourtant qu'elle aurait aimé se confier, mais ni l'une ni l'autre ne savaient comment aborder le sujet.

Par un après-midi un peu triste et sans soleil, alors qu'elles étaient l'une et l'autre plongées dans la lecture, Madame Le Corbier, après avoir refermé son livre, se mit à parler d'une voix douce et calme en s'adressant à sa secrétaire :
- Depuis que vous vivez dans cette maison, vous avez dû vous poser des questions au sujet du portrait d'Emilie. Je pense qu'aujourd'hui je dois vous raconter ce qui s'est passé :

Emilie était une belle jeune fille... Elle avait presque vingt ans au moment de son accident. Sa mère était morte en la mettant au monde et son père deux mois auparavant dans un stupide accident de chasse. Je l'ai élevée du mieux que j'ai pu en essayant de lui faire oublier son tragique destin d'orpheline. Elle avait bien réagi, semblait-il… Son affection s'était reportée sur moi, sa grand-mère. Elle était d'une nature plutôt solitaire et avait peu d'amies, ce qui me désolait. Je ne savais que faire…

Le jour de l'accident, elle avait décidé de passer une partie de son après-midi à parcourir la campagne sur son cheval favori. Toute radieuse, elle s'était préparée le matin pour cette course à travers champs et forêts. Au petit-déjeuner, elle m'avait parlé avec enthousiasme de la soirée qui devait avoir lieu chez son amie d'enfance, Anna, au château voisin. Une soirée d'anniversaire afin de fêter ses vingt ans... Comme Emilie avait pensé qu'il lui serait difficile de s'occuper de sa toilette du soir, elle avait demandé à la femme de chambre de lui préparer sa belle robe de bal en organdi blanc brodé de perles, ses gants, ses chaussures. Après le repas de midi, comme prévu, elle partit avec sa gaîté habituelle. Personne ne la revit vivante.

Elle était bonne cavalière. Que se passa-t-il ? Son cheval fut-il effrayé par un véhicule ? Nous l'ignorons et nous ne le saurons jamais. Ce que nous avons appris c'est que, dans sa chute, sa tête heurta un gros caillou et qu'elle mourut sur le coup, sans souffrir. Pour moi ce fut un immense chagrin. Le tableau est là pour me rappeler sa présence.

De temps en temps, elle revient sous forme d'apparition, vêtue de sa robe de bal auquel elle n'a pu participer. Ces manifestations ont toujours lieu à l'endroit même de l'accident et, curieusement, précèdent d'heureux évènements comme j'ai pu le constater.

Personne, ici, ne peut oublier Emilie et son triste destin. Je pense que de là-haut elle fera tout pour vous aider. Vous, qui me tenez compagnie depuis de longs mois, avez sans doute ressenti l'étrange attrait de son portrait.

J'ai eu le temps d'apprécier vos talents de biographe, aussi j'ai décidé de vous apporter mon soutien pour votre projet de roman. Oui, je connais ce petit détail. Je vais vous ouvrir la bibliothèque qui contient des livres rares. Elle est fermée depuis la mort d'Emilie. Ces livres vous seront certainement très utiles. Vous pourrez ainsi vous documenter plus en détail pour les recherches que vous avez l'intention d'entreprendre. Êtes-vous satisfaite ?

Bérengère ne répondit pas tout de suite à la comtesse tant elle était bouleversée par le récit sur la mort accidentelle d'Emilie et surtout par sa proposition. Après quelques minutes de silence elle put s'exprimer :
- Madame la Comtesse, j'accepte avec plaisir, mais cela est vraiment si inespéré que je ne sais comment vous remercier....

Bérengère referma le livre qu'elle était en train de lire avant le récit de la comtesse. Son regard se posa un instant sur le tableau. Il lui sembla qu'Emilie lui souriait. Un parfum d'ambre gris, comme une présence, se répandit dans le salon. Elle eut même l'impression qu'un bras entourait ses épaules, et elle sentit un baiser sur sa joue.

CHAPITRE 2

Bérengère avait décidé de réaliser un catalogue des livres de la bibliothèque. Elle parla de son projet à Madame Le Corbier qui fut ravie et lui remit la clef de la porte en lui disant qu'elle lui laissait toute liberté pour organiser cet important travail. Pourtant elle le remettait de jour en jour sous divers prétextes qu'elle s'inventait ne sachant pourquoi....

Madame Le Corbier eut besoin d'un document important pour compléter sa biographie. Elle en fit part à Bérengère et lui demanda de commencer son projet de catalogue qui devenait nécessaire pour continuer convenablement l'histoire de la famille. Dès le lendemain, aidée de la cuisinière, une solide jeune fille du pays qui serait utile vu le poids des volumes, Bérengère et la comtesse se mirent au travail.

Juchée sur une échelle, Bérengère prenait les volumes l'un après l'autre et les lançait à la cuisinière qui les recevait dans son tablier bleu, tendu vers l'avant, moyen sommaire et rapide que la reliure solide en cuir de la plupart des ouvrages autorisait.

C'était le troisième jour du rangement et nulle trouvaille intéressante n'avait encore été faite. Bérengère arrivait au cinquième rayonnage en partant du haut. Le tri traînait en longueur car maintenant la cuisinière devait monter à mi-échelle pour prendre chaque volume des mains de Bérengère. L'un d'eux, en très mauvais état, coincé entre la planche de l'étagère et le mur résistait. Bérengère dut tirer à droite et à gauche pour le dégager. Mais, dans les mouvements qu'elle faisait pour l'extraire, un coin appuya sur le mur. Brusquement, dans une fente, deux sortes de petits volets découpés dans un panneau s'ouvrirent découvrant, au fond d'un trou aménagé dans le mur, un petit coffret.

Stupéfaite, Bérengère s'adressa à la cuisinière :
- Je ne pense pas que nous ayons mis la main sur un trésor. L'or ou des bijoux pèseraient bien davantage. Qu'est-ce que ce petit coffret en écaille peut bien contenir?
- Ne soulevez-pas le couvercle dit la cuisinière, il faut l'apporter à Madame. C'est à elle de l'ouvrir.

À ce moment Madame Le Corbier arriva dans la bibliothèque et comprit immédiatement qu'un évènement important venait de se produire.

Lorsque le coffret fut posé sur une petite table, elle eut la même réflexion que Bérengère :
- Trop léger pour des objets de valeur, ce sont peut-être des lettres anciennes que celui ou celle à qui elles étaient adressées tenait à cacher ; ou bien des documents, actes divers, contrats qu'on a voulu mettre à l'abri à une certaine époque... Ouvrons-le.

Le coffret s'ouvrait par simple pression sur le couvercle qui tenait à la boîte à l'aide de minces charnières. L'instant était palpitant, qu'allait-on trouver? La femme de chambre, entrant précipitamment, demanda à Bérengère de venir au salon, une dame venant de Paris l'y attendait. À regret, Bérengère dut alors quitter la bibliothèque !

Après son départ, la comtesse examina l'intérieur du coffret. Il contenait des lettres au papier jauni, aux caractères à demi effacés par les ans. Il y avait deux sortes d'écritures, sans nul doute deux personnes différentes les avaient écrites. Sous les lettres une sorte de parchemin était plié en quatre. Un linge orné de dentelles était utilisé pour couvrir le fond du coffret. Madame Le Corbier espéra que la lecture de ces documents, dont elle ignorait l'existence jusqu'à ce jour, pourrait s'avérer intéressante pour la suite de ses recherches familiales. Elle prit le coffret, quitta la bibliothèque et sans dire un mot alla s'installer dans son bureau au premier étage.

Le lendemain, elle fit appeler Bérengère et lui fit part du contenu des lettres et du parchemin dans lesquels il était question du château de Cropières, dans le Cantal actuel, en Haute Auvergne, au XVIIIème siècle. On y faisait état de la naissance d'un enfant mâle qui pourrait être un ancêtre d'Emilie.
- Pour en savoir davantage il faut que vous partiez le plus rapidement possible pour Cropières. J'ai

téléphoné à son propriétaire actuel. On vous y attend.

Interloquée, Bérengère bredouilla quelques mots:
- Mais..... Madame la Comtesse, je n'ai pas terminé mon travail de classement ici. C'est très important pour vous, je ne peux abandonner maintenant.
- Peut-être, mais il est encore plus important que vous alliez à Cropières, car c'est là que vous trouverez probablement matière à votre projet et au mien. Ce que j'ai lu dans les lettres du coffret me permet de penser qu'un ancêtre de la famille a vécu dans ce château. Pour Emilie qui nous regarde, faites-moi ce plaisir. Tous les frais seront à ma charge. En contrepartie, je vous demande de bien vouloir me tenir au courant de ce que vous pourrez découvrir.

Ce lundi matin Bérengère fit ses adieux à Madame Le Corbier et au personnel. Elle ne savait pas combien de temps durerait son absence. Tout le monde était triste. Les larmes aux yeux, elle embrassa la comtesse, jeta un dernier regard vers le tableau. Il lui sembla qu'Emilie lui souriait et elle crut apercevoir dans ses yeux comme un encouragement à partir. La comtesse l'accompagna jusqu'au bas du grand escalier de pierre, la serra dans ses bras, émue.

Bérengère ouvrit la porte de sa Kangoo, prit place au volant. Tout en démarrant lentement elle fit un signe de la main et partit vers ce qui pouvait être un autre destin.

CHAPITRE 3

À Cropières, Bérengère avait été accueillie par Jean, le secrétaire du propriétaire qui était absent. C'était deux jours plus tôt et déjà elle se familiarisait avec le château. Il avait peu neigé dans la nuit, à peine de quoi poudrer légèrement les toits de lauzes et le chemin d'accès. Passionnée par la peinture, elle était en train, devant un chevalet et une toile, de peindre le château dont elle avait lu la veille l'histoire et à laquelle elle repensait.

Ayant fait l'objet d'importants travaux au XVIIème siècle, englobant des vestiges des XIVème et XVIème siècles, le château se dresse encore fièrement sur un versant de la vallée du Goul près d'Aurillac et ce, malgré les dommages du temps. Il a appartenu au cours des âges à cinq familles qui se sont succédées par mariage pendant sept siècles. Son architecture, mélange de tradition auvergnate et de raffinement du grand siècle, s'ordonne autour d'une cour presque carrée. Celle-ci est bordée d'un côté par un corps de logis à deux étages, surmonté d'un toit de lauzes, et terminé à l'ouest par une tour rectangulaire contenant l'escalier. Cette tour se raccorde à angle droit avec le grand corps de logis qui fait face au portail d'entrée. Au-dessus du rez-de-chaussée et des anciennes écuries, un escalier monumental aboutit au premier étage à une jolie terrasse bordée de balustres avec au centre un buste représentant Louis XIV sous les traits du Dieu Mars. Au pied de l'escalier et de chaque côté, un lion couché accueille les visiteurs.

Le château actuel ne ressemble plus du tout au premier château féodal. Il est célèbre car il aurait vu naître l'une des favorites de Louis XIV : la belle Marie-Angélique de Scorrailles à qui le roi donna le titre de duchesse de Fontanges. L'ancienne forteresse fut transformée avec les largesses du roi pour sa favorite et la famille de celle-ci qui permirent la construction du monumental escalier extérieur.

Photographie de Cropières en 1853

La grande porte d'entrée s'ouvrit soudain et la svelte silhouette du maître de céans parut sur le haut du perron. Il aperçut Bérengère, et la plus simple des politesses lui commandant de s'avancer vers elle, il s'inclina :

- Ne craignez-vous pas le froid, Mademoiselle ? Cette chute de neige a sensiblement rafraîchi l'atmosphère, surtout sur la hauteur où nous sommes.
- Non je suis bien couverte et j'aime cet air vif. Je ne puis d'ailleurs choisir un moment plus favorable. Il faut que je saisisse le château sous sa parure neigeuse, c'est important. Ceci est une surprise que je souhaite faire à la comtesse Le Corbier. Vous ne lui direz rien....
- C'est donc pour cela que vous vous êtes transformée de si bonne heure en "petit chaperon rouge" ? Soyez rassurée, je sais garder un secret. Mais permettez-moi d'insister, il fait vraiment froid, et .....
- Rassurez-vous, j'ai terminé, du moins ce qu'il était indispensable de saisir, car je pourrai faire le reste à l'intérieur.
- Alors, Mademoiselle, rentrons. Vous êtes arrivée à Cropières depuis deux jours et je n'ai pas eu la possibilité de parler avec vous du sujet qui préoccupe Madame Le Corbier. Je vous prie de m'excuser d'avoir demandé à mon secrétaire, Jean, de vous accueillir en mon absence. Il est très compétent, il me remplace parfaitement lors de mes nombreux voyages. J'espère que cela ne vous a pas trop gênée.

- Non, soyez sans inquiétude ! J'en ai profité pour visiter le château, les alentours, et pour commencer à me documenter sur l'histoire du château lui-même.

- Cela me rassure. Toutefois, avant que vous accédiez aux archives familiales, allons nous installer dans le petit salon près de la cheminée où brûle un bon feu de bois, cela nous réchauffera. Vous me préciserez ensuite le but exact de votre séjour chez nous.

****

Bérengère suivit le châtelain de Cropières et entra dans une pièce dont le décor contrastait étrangement avec le reste du château où très peu de changements avaient été réalisés depuis des siècles. Deux élégantes bergères recouvertes de soies aux teintes passées, une commode d'amarante, un secrétaire Louis XV en bois de rose avec sa délicate marqueterie et ses tiroirs à boutons ciselés, une glace de Venise découpée et gravée comme une belle broderie, complétaient les deux fauteuils en tapisserie près de la cheminée.

Sur le mur face à la cheminée, un tableau attira l'attention de Bérengère. Elle eut un mouvement de stupeur et un grand étonnement. Il lui sembla avoir devant ses yeux un tableau d'Emilie, et comme par miracle une odeur d'ambre gris se propagea dans la pièce.

- Que vous arrive-t-il demanda le châtelain, vous êtes toute pâle ?
- Ce n'est rien, je suis seulement émue par ce tableau et une odeur qui se dégage dans cette pièce. Elle éveille en moi un souvenir impossible à oublier. Sentez-vous ce parfum ?
- Non, quel parfum ?
- C'est un parfum d'ambre gris très ancien.
- Je ne connais pas ce genre de parfum, mais asseyez-vous, je vous en prie, et parlez-moi de ce qui vous amène à Cropières.

Bérengère très embarrassée ne pouvait taire l'histoire d'Emilie si elle voulait mener à bien la mission que lui avait confiée la comtesse Le Corbier. Mais comment raconter de façon rationnelle des événements irrationnels ?

Dans l'âtre, les flammes chantaient joyeusement. L'atmosphère du petit salon particulier était tiède et douillette. Bérengère sentit une étrange angoisse l'envahir. Elle regarda autour d'elle avec inquiétude. L'odeur d'ambre gris s'était dissipée et elle se mit à raconter l'histoire d'Emilie, la façon étrange dont elle avait fait sa "connaissance". Son interlocuteur écouta gravement le récit sans l'interrompre. Il faisait presque nuit quand elle eut terminé. Une certaine inquiétude se lisait dans ses yeux. Elle tremblait.

- Il se fait tard, remarqua le châtelain. Vous êtes épuisée, je vous conseille de regagner votre chambre.

Nous reparlerons de tout cela un peu plus tard, lorsque vous le désirerez. Nous pouvons ce soir dîner ensemble dans la salle à manger, à moins que vous préfériez manger plus rapidement dans votre chambre pour vous reposer.

- Merci, effectivement je préférerais ne pas me coucher trop tard !

- Jean va vous faire apporter votre dîner. Je vous souhaite une bonne nuit.

CHAPITRE 4

Il y avait du brouillard, mais le halo lumineux de la lune empêchait la nuit d'être sombre. De la fenêtre de la chambre, une clarté blême tombait, faisant paraître plus jaune la lumière de la lampe de chevet. Sur le sol, il y avait des ombres bizarres dans lesquelles Bérengère ne reconnaissait pas les meubles qui en étaient la cause. La conversation avec le châtelain au sujet d'Emilie et la ressemblance étonnante avec le personnage du tableau ne cessaient de l'intriguer ; elle sentait ses tempes se contracter, à la limite d'un malaise.

- Je suis stupide se dit-elle tout haut. Je suis fatiguée, il faut que je me reprenne. Demain j'aurai les idées plus claires !

À la vérité, elle n'espérait guère dormir. Les faits de cette journée lui fournissaient matière à réflexion et la tiendraient probablement longtemps éveillée. Mais la fatigue fut la plus forte, elle sombra dans le sommeil presque aussitôt qu'elle se fut mise au lit.

Le lendemain, quand elle s'éveilla, l'esprit encore obscurci par le sommeil, elle regarda avec étonnement autour d'elle. Que faisait-elle dans cette chambre ? Puis la mémoire lui revint. Elle était angoissée à l'idée de ce qu'elle allait découvrir en faisant ses recherches.

Une fois sa toilette terminée et qu'elle fut habillée, elle hésita un moment sur ce qu'elle ferait. Puis elle sortit de la chambre. Comme elle descendait l'escalier, une porte s'ouvrit et Jean, le secrétaire, vint vers elle. Il était souriant.

- Déjà prête! dit-il en s'adressant à Bérengère. Moi je m'éveille à l'instant.
- J'ai l'habitude de me lever de bonne heure, expliqua Bérengère. J'aurais aimé dire bonjour à mon aimable hôte, mais je ne voudrais pas le déranger.

Tout en parlant ils avaient descendu l'escalier et étaient arrivés dans la salle à manger pour le petit déjeuner qu'ils prirent ensemble.

- Il fait beau ce matin, reprit Jean. Le brouillard s'est dissipé, il y a même du soleil. Vous devriez en profiter pour vous changer les idées et faire une promenade.
- C'est une très bonne idée
- Me permettrez-vous de vous accompagner ?
- Mais..... Si vous voulez.

À la vérité, Bérengère se serait très bien passée de cette compagnie.

Lorsqu'ils furent à l'extérieur, en se retournant elle fut saisie par l'aspect de puissance et de beauté qui se dégageait du château dans la luminosité du matin. Derrière elle, il y avait des hêtres et des sapins qui formaient une sorte d'arrière-plan au paysage.

Une légère brume flottait encore dans le ciel éclairé.

- Très beau château, n'est-ce pas ? dit Jean.
- Oui, les anciens choisissaient parfois des endroits que nous ne choisirions pas actuellement pour édifier des constructions aussi imposantes.
- Sous certains rapports, l'emplacement est bien trouvé. À l'origine, il y avait là un château-fort ; on voit encore de vieilles assises. Le reste de tour écroulée que vous voyez était probablement une tour de guet. Elle permettait aux habitants d'observer l'horizon afin de préparer leur défense contre les attaques des brigands.
- En effet, répondit machinalement Bérengère perdue dans ses pensées.
- Venez par ici, vous vous rendrez mieux compte...

Ils avancèrent un moment, longèrent un chemin qui se transformait un peu plus loin en un sentier caillouteux et inégal. Jean faillit trébucher. Bérengère eut volontiers renoncé à aller plus loin dans leur promenade matinale car le secrétaire n'était guère doué dans le rôle de guide.... Cependant, elle n'osa rien dire. Ils continuèrent mais plus lentement en faisant davantage attention.

Un silence s'était établi entre eux, il devenait pesant. Bérengère le rompit car elle voulait rentrer au château:

- Puisque vous êtes le secrétaire, vous avez accès

aux archives de Cropières. Vous devez donc faire des recherches sur le château et les personnages qui y ont vécu. Accepteriez-vous de m'aider dans ma quête personnelle ?
- Avec grand plaisir.
- Eh bien, commençons tout de suite, ici même si c'est possible ! Auriez-vous trouvé dans les parchemins que vous avez consultés le nom de Le Corbier ?
- Oui, dernièrement, mais je n'y ai pas prêté attention puisque ce nom n'intéressait pas la généalogie directe du propriétaire de Cropières.
Puis Jean ajouta :
- Nous devrions rentrer maintenant… Avant de nous mettre au travail, il me semble que je devrais vous parler de ce que je sais de Marie-Angélique de Scorrailles, la duchesse de Fontanges. Elle a vécu quelques années dans le château. Connaissez-vous son histoire, sa vie ? Souhaitez-vous que je vous en parle ?
- Bien sûr ! Je connais un peu son histoire mais pas tous les détails. Tout ce qui a trait au château m'intéresse et je suis sûre que j'apprendrai par vous des éléments que j'ignore de la vie de Marie-Angélique de Scorrailles de Fontanges.....

**Marie-Angélique de SCORRAILLES,
Duchesse de FONTANGES**

- Bien, allons donc nous installer dans la bibliothèque au milieu de tous les livres. Ils feront un environnement parfait pour rappeler cette particulière et émouvante histoire que je vais reprendre au début :

"Marie-Angélique était la fille de Jean Rigaud de Scorrailles, comte puis marquis de Roussille, baron de Fontanges, de Cropières et autres lieux, et de Aimée-Eléonore de Plas. Elle serait née ici dans le vieux manoir familial en 1661 et y a vécu pendant toute son enfance et son adolescence. Elle avait trois frères et trois sœurs. Lorsqu'elle eut dix-sept ans, elle fut remarquée par le cousin de son père, César de Grolee, baron de la Peyre qui habitait non loin de Cropières. Il proposa à ses parents de l'introduire à la cour. Séduits par cette proposition ses parents acceptèrent. Malgré leur noble naissance, ils étaient pauvres, mais ils mirent toutes leurs économies pour lui acheter un beau trousseau. Cette façon de procéder par les nobles désargentés était courante à cette époque, afin d'obtenir des faveurs du roi pour la famille et en espérant un beau mariage pour leur fille.

Arrivée à Paris, Marie-Angélique fut logée chez la duchesse d'Arpajon. Peu après elle fut présentée à la duchesse d'Orléans, belle-sœur du roi Louis XIV, plus connue sous le nom de Princesse Palatine, et fut admise par elle comme demoiselle d'honneur.

Marie-Angélique, avec ses dix-huit printemps, attira les regards du roi à Versailles. Elle était très belle avec une taille de nymphe, un corps souple, de longs cheveux blonds tombant sur ses épaules. Ses yeux étaient gris-bleu et sa bouche parfaitement ourlée sur une dentition sans défaut, ce qui était assez rare.

À l'époque, Louis XIV partageait ses faveurs entre Mme de Montespan et Mme de Maintenon. Mais Mme de Montespan était jalouse de Madame de Maintenon, la gouvernante de ses enfants, enfants illégitimes du roi. Celle-ci avait une grande influence sur Louis XIV qui appréciait chez elle sa conversation et son esprit. Craignant qu'il ne la délaisse pour cette dernière, Madame de Montespan voulait à tout prix éloigner Mme de Maintenon du roi et elle lui présenta Marie-Angélique de Scorrailles. Elle pensait que cette nouvelle maîtresse ne l'intéresserait pas très longtemps puisque, même si elle était très belle, "elle était sotte comme un panier" comme l'avait décrite l'abbé de Choisy. La jeune provinciale était certes naïve mais éblouissante de jeunesse, laissant dans son sillage un parfum de fraîcheur. Le roi en fut aussitôt subjugué.

Un soir d'automne, à Versailles, tandis que Mme de Montespan recevait dans son salon, Louis XIV s'éclipsa discrètement, monta dans son carrosse, escorté seulement de quelques gardes du corps et se dirigea vers le Palais Royal où logeait Marie-Angélique. Une demoiselle d'honneur le conduisit jusqu'à la chambre de la jeune fille. Tels furent les débuts d'une intrigue galante.

Marie-Angélique eut la pudeur de résister au roi avant de succomber. Comme de nombreuses jeunes filles, elle entretenait le rêve démesuré d'être très proche du roi, de devenir la maîtresse royale. Alors, il suffit de "quelques mots galants et doux, d'une paire ou deux de pendants d'oreille ou encore d'un sautoir de perles.....". Une réelle idylle se noua au grand désespoir de Madame de Montespan, favorite officielle certes mais dont le caractère impétueux et jaloux commençait à lasser le roi.

Louis XIV venait d'atteindre la quarantaine, il était prêt à faire toutes les folies. Il installa sa nouvelle passion dans un pavillon du Château-Neuf de Saint-Germain en attendant que sa liaison fût officielle. Elle le devint un matin. En assistant à la messe en compagnie de la jeune Marie-Angélique le roi montra à toute la cour qu'elle était devenue sa maîtresse. Plus tard il fera de la terre de Fontanges, héritage des ancêtres de Marie-Angélique, un duché. La jeune femme accumula vite des signes de distinction inouïs avec des quantités de cadeaux et d'argent pour elle et sa famille.

Marie-Angélique était éblouie, le roi émerveillé. Mme de Montespan supportait de moins en moins la liaison amoureuse de Louis XIV, mais comprenant que cette nouvelle passion n'était que passagère, elle fit tout pour devenir l'amie de la nouvelle favorite. Naïve, Marie-Angélique s'y laissa prendre.

Un jour un petit incident se produisit : galopant avec le roi à Fontainebleau, durant une chasse, ses cheveux s'accrochèrent à une branche. Ne voulant pas paraître ainsi devant le roi, tout échevelée, elle rajusta son ruban si maladroitement qu'il tomba sur son front au lieu de ses épaules. Louis XIV trouva cela si charmant qu'il la pria de porter désormais cette coiffure. Le lendemain toutes les dames de la cour portaient la même, si bien que cette nouvelle mode s'appela désormais "la coiffure à la Fontanges". Elle traversera les mers et verra ainsi les bourgeoises de la Nouvelle France l'adopter à leur tour. C'était une colonie du Royaume de France en Amérique du Nord ayant Québec pour capitale au XVIIème et XVIIIème siècle…

Le destin de Marie-Angélique l'entraîna dans des moments douloureux. En effet, à la fin de l'année 1679 elle accoucha prématurément d'un fils qui ne vécut pas. Mal remise de sa maternité, elle fut victime de pertes de sang et de fortes fièvres. Elle reprit tant bien que mal les soirées de bal qui étaient organisées, mais sa beauté commença à perdre sa fraîcheur juvénile. À la cour il fallait vite sécher ses larmes pour suivre les plaisirs… Au fil des mois l'enchantement du roi s'émoussait. Il constatait qu'il s'était trompé et commença à délaisser Marie-Angélique. Du fait de la naissance de l'enfant mort à la naissance, et pour compenser son attitude d'éloignement, le 6 avril 1680, le roi la fit duchesse de Fontanges et lui octroya une pension de 80 000 livres.

Marie-Angélique se retira à l'Abbaye de Chelles, où une de ses sœurs était Supérieure, pour tenter de se rétablir en ce qui concernait sa santé tout en pleurant sur son sort. La duchesse de Fontanges avait failli être empoisonnée. Bien évidemment, même si rien ne fut jamais prouvé, on soupçonna la jalouse Madame de Montespan à une époque où sévissait à la cour la terrible Affaire des Poisons.

Contre toute attente, Marie-Angélique de Fontanges parut se rétablir et retrouver un temps sa beauté. Elle put même réapparaître à la cour au mois d'août malgré une grande faiblesse. En mars 1681, selon certaines personnes, elle fit une fausse-couche qui la rendit plus chancelante que jamais. Elle devenait de jour en jour agonisante. Le roi faisait bien demander de ses nouvelles, mais il s'en était déjà désintéressé.

Certains écrits indiquent que Louis XIV est allé la voir peu avant sa mort. Devant son émotion, Marie-Angélique aurait alors dit dans un soupir :
"Je peux mourir, j'ai vu pleurer mon Roi".

La belle Marie-Angélique de Scorrailles de Roussille , duchesse de Fontanges, mourut dans la nuit du 27 au 28 juin 1681. Elle était âgée d'à peine vingt ans."

À ce moment du récit, Bérengère eut les larmes aux yeux. Le souvenir d'Emilie morte presque au même âge lui revenait en mémoire. Jean s'en aperçut et lui demanda si elle voulait connaître la fin du récit. Bien que très émue, elle répondit par l'affirmative.

Jean reprit:
"Après sa mort, la duchesse de Fontanges fut inhumée dans l'ancienne église de Port-Royal et son cœur remis à sa sœur abbesse de Chelles. Même si le roi put craindre qu'elle ait été empoisonnée, il ne demanda pas d'autopsie… La famille de Marie-Angélique fit procéder à cette autopsie. La médecine légale était alors des plus rudimentaires; aucun poison ne fut décelé. S'il y avait eu la découverte officielle d'un empoisonnement cela aurait créé un scandale à Versailles qui aurait pu éclabousser Madame de Montespan…

Une légende raconte qu'en 1695, le fantôme de Marie-Angélique serait apparu au roi alors qu'il venait de se coucher. Elle lui aurait rappelé combien il lui avait juré, lors de leurs doux échanges, qu'elle était la femme qu'il aimait le plus au monde et que jamais il ne pourrait l'oublier! Marie-Angélique lui aurait reproché de s'être consolé dans les bras d'une autre ; c'est pourquoi il devrait s'attendre à traverser une période difficile avant de la rejoindre dans cet autre monde où elle l'avait précédé et où elle l'attendait. Le roi en fut, on le comprend, totalement retourné… Effectivement, durant sa fin de règne il eut de nombreuses épreuves. "

La pénombre emplissait la bibliothèque. Bérengère ne put réprimer un sanglot. L'apparition du fantôme de Marie-Angélique lui rappelait celle d'Emilie. Toute tremblante elle se réfugia dans les bras de Jean qui, surpris, la serra contre lui tout en lui caressant tendrement les cheveux.

- Excusez-moi ! dit-elle en se reprenant. Mais votre récit m'a bouleversée au point que j'ai cru m'évanouir.

- Je comprends, peut-être n'aurais-je pas dû vous raconter la fin de cette histoire ?...

CHAPITRE 5

Lorsque Bérengère regagna sa chambre, sa première idée fut de chercher s'il y avait une porte dérobée d'un escalier pour se rendre, sans être vue, dans le petit salon. Elle découvrit une porte derrière un bahut qui la lui dissimulait jusqu'alors et elle décida d'utiliser cet escalier pour revoir le portrait de cette femme si jolie, si mélancolique, qui ressemblait tant à Emilie Le Corbier. Elle emprunta prudemment cet escalier. Au passage elle s'arrêta dans une autre pièce en fort mauvais état mais qui à l'origine devait être un joli boudoir. Au-dessus d'une commode, un miroir de Venise au tain fortement dégradé était encore suspendu au mur. Elle s'approcha et le reflet de son visage lui parut être celui d'une autre, la pâle image d'une inconnue lointaine qui lui ressemblait mais qui serait morte depuis longtemps....

Quel visage féminin s'était miré autrefois dans ce miroir terni ? Pour quelle femme un homme avait-il aménagé ce boudoir d'un luxe surprenant par rapport aux autres pièces ? Bérengère chercha à s'imaginer l'habitante de ces lieux, la femme qui avait vécu ici ? Puis elle reprit l'escalier et arriva dans le petit salon. Il n'y avait personne. Cela la rassura. Son regard fit le tour de la pièce..... Et comme attirée par un aimant, vint se fixer sur le portait.

Eclairé de face par la lumière d'une petite fenêtre qui le frappait de près et lui donnait une vie intense, c'était le portrait d'une très jeune femme, en corsage de soie à fleurettes. Le cou était long et gracile, les cheveux aux chauds reflets acajou encadraient un visage pâle, la bouche rouge et ronde avait un demi-sourire à la fois enfantin et mélancolique, les yeux aux cils sombres, étaient couleur d'eau verte. Ce portrait qui datait de plusieurs siècles eût pu être celui de Marie-Angélique ou d'une de ses sœurs, ou alors.... Y avait-il là, un mystère à découvrir ?

Bérengère regagna sa chambre par le même escalier et remit le bahut à sa place. Cette fois elle n'éprouva pas la même angoisse que les jours précédents. Elle n'était plus seule. À l'intérieur du château elle avait l'image du tableau et un ami qui allait l'aider dans ses recherches.

Demain elle reverrait Jean. Elle le connaissait bien peu, cependant à cause des circonstances, lorsqu'il lui avait raconté la vie de Marie-Angélique de Scorrailles, il avait pris une place dans sa vie, même si elle n'en était pas encore consciente. Ils s'étaient quittés dans une intimité rapide. Elle se sentait troublée à la pensée de le revoir. Mais ce trouble n'était pas sans charme.

****

Et le lendemain matin Bérengère retrouva le secrétaire au pied de l'escalier qui paraissait l'attendre :

- Comment allez-vous ce matin, demanda Jean ?
- Bien. J'ai pu dormir cette nuit !
- Oui, en effet, à votre visage je devine que le moral est meilleur. Si vous n'y voyez pas d'inconvénient nous pourrions aller bavarder à l'extérieur un moment, avant de vous montrer quelques documents qui pourraient vous intéresser.

Tout en parlant, ils se dirigèrent vers un petit banc de pierre. Ils prirent place en silence. Jean, intimidé, parla le premier :
- Que pourriez-vous me raconter ?
- Pas grand-chose, même si hier fut une journée particulière. J'en suis encore très émue sur plusieurs plans dont nous pourrions reparler une autre fois. Puis, avec un demi-sourire sur les lèvres, elle ajouta :
- Ah! Mais oui, j'ai fait une nouvelle connaissance.

Jean, surpris, lui jeta un regard interrogatif, inquiet ....
- Serait-ce une personne qui habite Cropières dont vous ignoriez la présence ?
- C'est un peu cela.....
- Quelle est cette personne, je la connais sans doute.... C'est une femme ? Est-elle jeune ?

Bérengère, voyant la lueur qui brillait dans les yeux de Jean, se prit au jeu :

- Je pense qu'elle doit avoir dans les cent cinquante ans environ !
- Bérengère, vous vous moquez de moi. Vous ne me ferez jamais admettre cela ! C'est une boutade ?
- Non. Ne vous ai-je pas déjà parlé d'un portrait ?
- Ah ! Oui, c'est vrai. Et il la regarda tout de suite avec un sourire amusé. Vous m'avez fait peur !
- Il faut bien plaisanter un peu, rétorqua Bérengère. En temps ordinaire je suis très sérieuse dans mes propos. Après tout ce que vous m'avez raconté qui n'était pas très gai j'ai eu envie d'un peu de fantaisie, cela fait du bien, n'est-ce pas ? Je suis quand même confuse de vous avoir ennuyé. Vous ne m'en voulez-pas?
- Allons, allons, n'y pensons plus.
- Je ne crois pas pouvoir…
- Si, nous sommes deux maintenant pour faire face aux mystères du passé, vous pouvez me faire confiance, je m'y emploierai. Maintenant, parlons un peu de cette vieille femme au portrait dont, m'avez-vous dit, vous avez fait la connaissance par je ne sais quel hasard ?
- Ce n'est pas une vieille femme reprit Bérengère en souriant. À l'époque où l'on fit son portrait, elle ne devait pas avoir beaucoup plus de vingt ans. Il ressemble à celui de Marie-Angélique. On pourrait croire que c'est le sien. Mais peut-être est-ce celui d'une autre jeune fille de son âge. C'est un portrait qui est dans le salon du château. Comment savoir qui est la personne qui a été peinte ?

- J'avais remarqué ce portrait mais je ne m'étais pas posé spécialement la question de savoir qui l'artiste avait représenté. Pour vous être agréable, je vais me renseigner auprès du châtelain, mais également lui demander que nous puissions consulter les documents qu'il possède pour faire avancer vos recherches pour lesquelles vous êtes venue à Cropières. Je n'ai pas oublié votre but. D'après ce que vous m'avez raconté, je me demande quels liens pourraient bien exister entre Émilie et Marie-Angélique, si ce n'est que toutes deux sont mortes au même âge. C'est étrange, n'est-ce pas ?

****

Quelques jours s'écoulèrent pendant lesquels il ne se passa rien. Jean avait prévenu Bérengère que le propriétaire du château lui avait demandé un important travail. Il devait transcrire en français actuel des documents datant de 1242 en écriture ancienne. Il lui avait demandé cela car il savait qu'il en était capable ayant suivi les cours de paléographie à l'École des Chartes de Paris.

Seule et ayant du temps, la jeune femme se dirigeait vers la bibliothèque lorsqu'elle croisa dans le couloir le châtelain. Il semblait de très bonne humeur en s'adressant à Bérengère :
- Je dois me rendre à Paris dit-il. Il est indispensable que j'aille consulter des documents importants signalés aux Archives Nationales.
- Vous partez bientôt ?

- À la fin de la semaine. En principe, dès vendredi. Je resterai absent une quinzaine de jours ou peut-être un peu plus. Comment allez-vous employer ce temps? Je reconnais que la vie à Cropières n'est pas très gaie. De plus j'ai donné un travail urgent à mon secrétaire qui n'aura pas, pendant quelques jours, le temps de vous aider dans vos recherches personnelles. Il m'a fait part des questions que vous vous posez au sujet du portait du petit salon. En ce qui me concerne je ne puis vous être d'aucun secours, j'ai toujours pensé qu'il s'agissait du portait de Marie-Angélique de Scorrailles, dans la fraîcheur qu'elle avait à son arrivée à Versailles, mais sans en être certain… Je me rappelle, par contre, que dans un coin du grenier sous les combles où j'allais quand j'étais enfant, se trouve une vieille malle qui servait autrefois pour les voyages. Je n'ai jamais trié le « bric à brac » qu'elle contient. Il se dirigea alors vers le tiroir de son bureau et en sortit une clef qu'il tendit à Bérengère:

- Voilà peut-être un début de solution pour lever le voile sur le mystère qui vous préoccupe. Bonne chance. Vous me raconterez à mon retour les découvertes que vous aurez pu faire.

CHAPITRE 6

Bérengère avait encore du courrier à terminer, et elle passa une partie de la journée dans sa chambre. Avec la clarté du jour elle lui paraissait un havre de paix. À un moment elle examina plus attentivement la clef qui avait une longueur d'environ dix centimètres et était finement ciselée. On aurait dit un bijou. Un cordon de couleur rouge, pâli par le temps, avait sans doute permis de la porter au cou, discrètement cachée sous les vêtements.

Au cours de l'après-midi elle finit par aller explorer les combles à la recherche de cette fameuse malle. Elle sortit de sa chambre, emprunta un étroit escalier et déboucha sur un sombre couloir. Elle vit trois portes closes. Avec hésitation elle en ouvrit une qui grinça sinistrement. Elle ne vit rien tellement elle était obscure. Elle se dirigea vers la deuxième porte ouvrant sur une pièce humide. L'eau qui avait suinté de la toiture depuis réparée avait laissé des auréoles sur le plancher vermoulu. L'angoisse commençait à l'étreindre, mais elle voulait aller jusqu'au bout de ses investigations. Elle ouvrit la troisième porte, celle qui se trouvait au fond du couloir et entra. La pièce présentait une sorte d'avancée. Elle pensa qu'elle devait se situer juste au-dessus de sa chambre.

Au premier abord elle ne vit rien d'autre que quelques vieux fauteuils qui avaient été entreposés là depuis certainement bien longtemps. Elle allait repartir lorsque son regard se posa sur quelque chose qui ressemblait à une sorte de malle. Elle s'en approcha. Oui, c'était bien la malle qu'elle était venue chercher. D'une main tremblante elle caressa le couvercle cerclé de fer. C'était une malle très ancienne comme celles dont on se servait autrefois pour voyager. Elle introduisit la clef dans la serrure. Un déclic se fit entendre. Ouf! C'était la bonne clef !

Elle souleva le lourd couvercle. Tout d'abord elle ne vit que des robes, de belles robes brodées, des chaussures, des chapeaux, des gants, un collier en perles, un mouchoir avec la lettre C brodée, des bouts de rubans et de dentelles tachés par l'humidité. Elle allait refermer la malle lorsqu'elle vit, tout au fond, un paquet enveloppé d'un tissu gris. Elle le prit mais, comme il faisait sombre, elle se dit qu'elle le regarderait de plus près lorsqu'elle aurait regagné sa chambre. Elle se retourna pour sortir et, à cet instant même, elle crut voir comme une ombre vaporeuse qui flottait dans la pièce. L'ombre traversa le mur et laissa derrière elle ce parfum d'ambre gris qui suivait Bérengère depuis le début de sa rencontre avec le fantôme d'Emilie Le Corbier.

****

Dans la cheminée le feu crépitait et une douce chaleur envahissait la chambre. La nuit commençait à tomber. Bérengère, malgré l'heure tardive, n'avait pas envie de se coucher, elle était intriguée et curieuse de savoir ce que cachait le paquet qu'elle avait emporté. Elle déplia le tissu, vit un livre entouré d'un ruban comme s'il préservait un secret. Elle le dénoua en tremblant. C'était un missel relié en cuir sur la couverture duquel il y avait un blason en relief. Lorsqu'elle l'ouvrit, des images pieuses tombèrent sur le tapis ainsi que trois papiers pliés et un peu froissés.

Juste à ce moment-là, on frappa à la porte.

- C'est Jean, je viens voir si tout se passe bien pour vous…

Bérengère posa le missel sur un guéridon et ouvrit.

- Qu'elle bonne idée vous avez eu, j'allais justement venir dans votre bureau. Regardez ce que j'ai trouvé dans la malle. Elle lui tendit le missel et les trois feuillets.

C'étaient des lettres au papier jauni d'une écriture appliquée et élégante, comme autrefois. Les caractères étaient pâlis par les ans mais encore lisibles. Elles semblaient écrites par deux personnes. Ensemble ils se mirent à les déchiffrer :

Cropières le 22 juin 1760

"*Mon amour,*

Quelle affreuse nouvelle. Il m'était encore possible de faire plier ma mère en votre faveur, mais maintenant comment lui dire que vous attendez un enfant ? Je n'ose pas. Il faut attendre que l'évènement se soit produit et alors espérons que de petits bras seront assez forts pour briser sa résistance.

Il faut, pour le moment, vous éloigner un certain temps. J'ai pensé que vous pourriez invoquer une grande fatigue et aller vous reposer dans votre famille. Là-bas, notre enfant viendrait au monde sans que personne ici n'en sache rien. Je m'occupe de tout, mon amour. Il ne vous reste qu'à informer ma mère de vos malaises. Elle devrait accepter de se passer de vos services pendant un certain temps. Courage, mon aimée, ce contretemps passera vite et nous serons à nouveau heureux.

Votre
Philippe"

Jean s'arrêta dans sa lecture :

- Il manque la réponse à cette lettre, mais voyons la suivante. Ecoutez Bérengère :

Cropières le 25 juillet 1760

"*Ma bien chère Charlotte,*

Hélas notre beau rêve est terminé. Ma mère exige que je lui obéisse. Elle a déjà trouvé une épouse pour moi. Ces années de bonheur que nous espérions, nous ne les vivrons pas. La vie sera bien triste loin de vous. Mais je pense pouvoir assurer votre avenir. Mon ami Jacques Le Corbier vous aime depuis longtemps. Il est au courant de votre état et veut bien, avec joie, servir de père à votre enfant. J'ai donné mon accord car j'estime beaucoup Jacques, c'est un noble cœur, je suis sûr que vous finirez par l'aimer et oublier notre aventure. Dites-moi si vous pensez comme moi.

Adieu Charlotte

Philippe"

- Comment un homme peut-il faire dépendre son mariage de la décision de sa mère? dit Jean.

- C'était une autre époque, et c'est bien triste !

Après quelques instants Bérangère ajouta :

- Lisons la dernière lettre qui semble être écrite par une autre personne :

Le 20 mars 1761

"Monsieur,

Notre enfant est venu au monde et c'est un garçon. Il porte le nom de celui que j'ai épousé. Je l'élèverai dans le respect de la parole donnée et j'en ferai un honnête homme.
Le ciel m'a donné un époux droit et qui sera aussi, j'en suis convaincue, un bon père. Je ne désire rien d'autre, si ce n'est que je souhaite ne plus vous revoir.
Je vous retourne le collier de perles que vous m'avez offert et vos dernières missives qui me font trop de peine.
Celle qui vous a trop aimé,
Charlotte Le Corbier."

Après la lecture de la troisième lettre, Jean resta un moment pensif avant de dire à Bérengère :

- Voilà une femme qui a su rejeter avec courage son ancien amant…

****

Le châtelain de Cropières était rentré de Paris avec d'excellentes nouvelles. Il avait pu consulter des documents importants aux Archives Nationales concernant Marie-Angélique de Scorrailles et le château. Il était si content qu'il voulait en faire part à

Bérengère. En se dirigeant vers son bureau, il la croisa, accompagnée de Jean.

- Bonjour, j'espère que pendant mon absence vous avez pu, vous aussi, découvrir des choses intéressantes. Venez dans le petit salon, nous serons mieux pour converser.

Voyant Jean prendre la main de Bérengère, le châtelain eut un sourire amusé.

- Je vois que des choses ont évolué pendant que je n'étais pas là. Nous en parlerons tout à l'heure... Mais je vous écoute concernant vos découvertes.

Bérengère fit le compte-rendu de sa recherche dans les combles, décrit le contenu de la malle puis tendit le missel ainsi que les lettres au châtelain. Ce dernier examina le missel avec attention, lut les lettres.

- En ce qui concerne le blason, je pense qu'il s'agit de celui de la famille de Fontanges qui est "de gueules au chef d'or chargé de trois fleurs de lys d'azur" et dont la devise était : "Tout ainsi Fontanges" comme l'indique le dictionnaire de 1819 sur l'origine des maisons nobles par Lainé. Quant au missel, il a pu appartenir à Marie-Angélique ou à sa sœur. Il a pu aussi être transmis à une autre personne. On ne le saura jamais. Pour les lettres et la signature de ce Philippe qui ne signe que de son prénom, il n'est pas possible de le situer dans une généalogie. Autrefois, dans les châteaux, il y avait les enfants légitimes, les enfants illégitimes et des cousins qui pouvaient y séjourner longtemps, sans compter l'utilisation de prénoms usuels qui ne correspondent pas toujours aux prénoms mentionnés dans les généalogies. De plus, à la Révolution beaucoup d'archives familiales ont été brûlées et sur ce point les recherches sont impossibles. Je ne peux dire qui était l'auteur des courriers que vous m'avez montrés. Par contre, bien que les ancêtres paternels d'Emilie aient porté le nom de Le Corbier il apparait qu'il y a eu un lien, mais sans savoir lequel, entre un de ses ancêtres biologiques, ce Philippe, et Cropières. C'est un résultat surprenant… pour des recherches qui ont l'air d'avoir créé d'autres liens ! ajouta le châtelain avec le sourire.

- Effectivement ! approuvèrent, ensemble, les deux jeunes gens.

- Pensez-vous vous marier ?

- Pas tout de suite, répondit Jean en regardant amoureusement Bérengère. Nous allons rester ici le temps qu'il faudra pour que vous trouviez un autre secrétaire.

- C'est parfait, j'aurais regretté que le travail en cours soit interrompu même si je suis ravi pour vous !

EPILOGUE

La comtesse Le Corbier, installée dans son fauteuil, le buste soutenu par deux coussins de velours grenat, feuilletait nerveusement les pages d'un vieux livre. Elle attendait avec impatience le retour de Bérengère, qui lui avait indiqué par courrier la date de son retour, et devait lui faire le récit de son séjour à Cropières.

On frappa à la porte.
- Entrez ! dit-elle d'une voix stressée par l'attente.

Bérengère fit quelques pas dans la pièce suivie de Jean. Ils étaient aussi émus que celle qui les recevait.

- Madame la Comtesse, dit Bérengère lorsqu'elle eut refermé la porte, vous allez être très surprise des nouvelles que je vous apporte.
- Vraiment, répondit Madame Le Corbier, mais voulez-vous auparavant me présenter ce jeune homme qui vous accompagne qui, je pense, est le jeune secrétaire dont vous m'avez parlé dans votre lettre?
- Oui, c'est Jean ! Il m'a aidée et soutenue dans

mes recherches. Sans lui et la gentillesse du châtelain de Cropières, je ne serais peut-être jamais arrivée au bout de la mission que vous m'aviez confiée.

- En tous cas, s'il souhaite s'installer ici, je serais ravie de l'embaucher pour que tous les deux vous puissiez me seconder. J'espère que vous resterez à mon service car je suis très attachée à vous, Bérengère, votre départ me peinerait beaucoup.

- Je regrette beaucoup, mais nous avons d'autres projets…

- Quelle idée ! Mais pour vous, Bérengère, c'est peut-être mieux ainsi. L'avenir est devant vous avec l'homme que vous aimez. Il me semble quand même que vous étiez venue chez moi non seulement afin de m'aider mais aussi pour écrire un roman. Vous voilà sans doute en possession d'un beau sujet, celui de raconter ce que vous avez vécu à Cropières.

- Pour le roman, cela mérite réflexion, mais je vais vous raconter ce qui s'est passé à Cropières et vous révéler ce que nous avons découvert.

− Je vous écoute…

- Avant mon départ vous m'aviez montré d'anciennes lettres en provenance de Cropières…

− Oui, ces lettres m'intriguaient !

- A la suite de mes recherches, et avec l'accord du propriétaire de Cropières, je peux vous remettre aujourd'hui ce missel ainsi que trois lettres. Elles permettent de mieux comprendre qu'il y avait des liens entre un certain Philippe qui a habité, au moins un temps, à Cropières et la famille Le Corbier dont il est un ancêtre biologique.

- Je suis contente d'avoir des éclaircissements sur des questions que je me posais. Je suis certaine que de là-haut Emilie nous voit. Elle doit en être heureuse.

- J'ajouterai, reprit la jeune femme, que le tableau d'Emilie ressemble beaucoup au portrait de Marie-Angélique de Scorrailles, la duchesse de Fontanges. Un lien de parenté existe peut-être entre-elles et elles sont mortes au même âge…

Bérengère était aussi émue que la comtesse Le Corbier. Elle s'approcha une dernière fois du tableau d'Emilie et crut voir dans ses yeux une sorte de reflet bleuté. A ce moment, tout le salon fut envahi de ce parfum inoubliable qui avait suivi Bérengère dans ses travaux.

Le lendemain, Jean et Bérengère firent leurs adieux à la comtesse qui les avait accompagnés sur le perron. Ils descendirent lentement l'escalier de pierre, firent un petit geste de la main en signe d'adieu.

****

Un pâle rayon de soleil d'automne jouait à travers la brume qui commençait à se lever et mettait une merveilleuse lumière dorée sur les arbres du parc.

Jean entoura de ses bras les épaules de Bérengère comme pour la protéger. Il l'embrassa amoureusement.

- Il y a des choses qui resteront inexpliquées dit Jean. Qu'importent les vieux secrets du passé, ce qui compte pour nous maintenant, c'est que notre amour dure toute la vie vers un avenir merveilleux, vers de nouvelles réalisations et découvertes…

L'AUTEUR

Arlette HOMS est née le 11 août 1937 à Castres (Tarn). Elle a déjà publié une vingtaine d'ouvrages qui concernent l'histoire locale tarnaise et ariégeoise : anthologies, chroniques, biographies, monographies, guides touristiques, dont certains en occitan.

Plusieurs de ses textes ont été publiés par La Méridienne du Monde Rural dans le cadre de recueils.
Elle a également une très grande activité sur le plan culturel : organisation du concours littéraire : "Jeux Floraux des Pyrénées" en partenariat avec l'Institut du Comté de Foix et la Méridienne du Monde Rural et a été primée dans de nombreux concours poétiques et littéraires : poèmes, contes, nouvelles.....

En 1999, Arlette Homs a été élue Académicienne au $34^{\text{ème}}$ fauteuil de l'Académie du Languedoc de Toulouse, en remplacement de la poétesse décédée, très connue dans le Tarn : "Géraldine".

Arlette Homs est membre du Conseil d'Administration de l'Institut du Comté de Foix.